Christoph Hüllstrung & Jan D. Stechpalm

Die grauen Busse

Die grauen Busse

Schluss mit Lügen

Ein Theaterstück in zwei Akten

von

Christoph Hüllstrung & Jan D. Stechpalm

Bibliografische Information der Deutschen Nationalbibliothek:
Die Deutsche Nationalbibliothek verzeichnet diese Publikation
in der Deutschen Nationalbibliografie; detaillierte bibliografische Daten sind im Internet über http://dnb.d-nb.de abrufbar.

Die automatisierte Analyse des Werkes, um daraus Informatio-
nen insbesondere über Muster, Trends und Korrelationen ge-
mäß §44b UrhG („Text und Data Mining") zu gewinnen, ist un-
tersagt.

Impressum:
© 2024 Christoph Hüllstrung & Jan D. Stechpalm
Lektorat / Korrektorat: Cornelia Hüllstrung-Mäusezahl
Verlag: BoD · Books on Demand GmbH, In de Tarpen 42, 22848
Norderstedt
Druck: Libri Plureos GmbH, Friedensallee 273, 22763 Hamburg
Umschlaggestaltung, Satz und Layout: Jan D. Stechpalm
Umschlagbild: Historisches Archiv Diakonie Stetten (HA DS
3675-04)
ISBN: 978-3-7597-5263-5

Förderung durch:

Ministerium für Wissenschaft, Forschung
und Kunst Baden-Württemberg

Projektstipendium zur Förderung der künstlerischen Praxis in
der Corona-Pandemie

Akteure:

Carmen Koch, 54 Jahre alt, Altenpflegerin, in der «Altersresidenz am See» in Läutlingen, empathisch

Otto Herwig, 100 Jahre alt, Busunternehmer im Ruhestand, links halbseitig teilgelähmt von Schlaganfall, residiert in besagtem Pflegeheim, Zi. 104

Hubertus von Borst, 45 Jahre alt, diplomierter Krankenpfleger, Heimleiter, verantwortungsbewusst

Sandra Schmitt-Grimbach, 42 Jahre alt, Heilpraktikerin und Bürgermeisterin von Läutlingen, pragmatisch

Robin Ruiz, 25 Jahre alt, Reporter / Fotograf beim *Alb-Kurier*, ehm. Rettungssanitäter im Zivildienst, cool

Richterin am Freiburger Landgericht, 55 Jahre alt, in der Nachkriegszeit (1948)

Pfarrer Meerwein, Leiter der Korker Anstalten mit 40 (1938), 42 (1940) und 50 Jahren (1948)

Zwei GESTAPO-Beamte im Jahr 1938

Ministerialrat Sprauer, 1940 in Karlsruhe

Der junge Otto Herwig, mit 20 Jahren (1940) Busfahrer bei der GEKRAT

Hr. Bückel, Transportleiter bei der GEKRAT, 45 J. alt (1940)

Inhaltsangabe:

Unseren Großeltern

1. Akt

1. Akt, 1. Szene

In einem süddeutschen Pflegeheim. Zweigeteilte Bühne, rechts ca. 1/3 Platz für Rückblenden in die Vergangenheit und li. Pflegeheimzimmer von Otto Herwig. Otto liest im Bett Zeitung. Es klopft.

Otto:	Ja?
Carmen:	*(Kommt herein mit einem Wägelchen mit Waschutensilien, einem kleinen Kuchen mit Kerzen und einer „100" darauf)* Herr Herwig, ich wünsch ihnen alles Gute zum Geburtstag!
Otto:	Das ist lieb Frau Koch. Sie hätten nicht extra für mich backen müssen.
Carmen:	Der ist von Penny, 4.95 das Stück, inklusive Kerze. Geht aufs Haus.
Otto:	So viel bin ich der Residenz wert?
Carmen:	Oh ja: 100 Jahre, Herr Herwig, das ist doch was. Nur alle fünf Jahre haben wir das hier. *(Sie sieht das kaum angebrauchte Frühstückstablett)*

Gefrühstückt haben Sie aber nicht viel und vom Kamillen-Tee auch nichts getrunken.

Otto: Kein Hunger. Vom Tee habe ich getrunken.

Carmen: Sie müssen was essen. Müssen doch fit sein für gleich. Um zehn kommt die Bürgermeisterin zum Gratulieren.

Otto: Die Grimbach kann mir gestohlen bleiben.

Carmen: Ja, ich weiß, die haben sie nie gemocht wegen ihrer Parteizugehörigkeit: Die Grünen sind für Sie Verbrecher …

Otto: Nee, ihr Alter war schon ein Erpresser, wie der Vater, so die Tochter …

Carmen: Jetzt übertreiben Sie aber … und einer vom *Alb-Kurier* kommt auch … dann noch ein Gläschen Sekt, und Sie kippen mir um.
(Sie räumt das Frühstückstablett weg und öffnet ein Corona-Test Set)

Otto: Mein Rollstuhl ist kippsicher … sagt jedenfalls der Hersteller.
Frau Koch, zum Geburtstag heute wünsch ich mir eine Testpause.

Carmen:	Ich fühl mich nämlich pudel-wohl. Sagen Sie's ab (*leert den Blasenkatheter*) Erstens glaube ich Ihnen das nicht, zweitens sind Sie nur zwei-mal geimpft und drittens, wenn´s dem Esel bzw. dem Pudel, zu wohl ist, geht er auch ohne Symptome aufs Eis. Frau Nollin-ger hat´s.
Otto:	Hat was?
Carmen:	Hat sich angesteckt. Ihr Test ges-tern Abend war positiv. Damit haben wir den fünften Fall im Pflegeheim.
Otto:	Gudrun hat´s? Ach herrje. Bei wem hat sie sich angesteckt? Die kommt doch so selten aus ihrem Zimmer. Hat sie´s schlimm er-wischt?
Carmen:	Nee. Symptome hat sie bisher nicht. Weder Fieber noch Hals-kratzen. Aber sie ist jetzt in Qua-rantäne für 14 Tage. Schauen Sie doch nicht so! Ein wenig Enthalt-samkeit üben hat noch keinem Pudel ernsthaft geschadet, oder, Herr Herwig?

(Sie gibt ihm einen leichten Stubs. Er stöhnt kurz auf)

Otto: Aahh … verflucht … zieht hoch bis in den Rücken.
(Sie will ihm Wattestäbchen in die Nase schieben)
Stopp! Mach ich selber.
(Er macht den Corona-Test mit Stäbchen)

Carmen: Was machen die Rückenschmerzen?

Otto: Muss.

Carmen: Wenn Sie noch 'ne Ibu brauchen, sagen Sie Bescheid.

Otto: Kann mich zwar nach 50 Jahren immer noch nicht mit meinen Rückenschmerzen anfreunden, aber auf Ihre Tabletten kann ich verzichten.
(Sie will ihm Stäbchen aus der Nase ziehen)
Finger weg!
(Er zieht sich selbst das Stäbchen heraus und gibt es ihr)
Mein Vater hatte auch Rücken. Alle Busfahrer früher. Hat selten gejammert. Die Busfahrersitze damals waren lang nicht so gut

gefedert wie heute. Den Bus O
3750 von Mercedes bin ich auch
noch gefahren. 100 PS. Starke
Kiste.

Carmen: *(Schmunzelnd macht sie den Test.
Nimmt Stäbchen entgegen, tunkt es
in die Test-Phiole, dreht das Stäbchen mehrmals und träufelt einen
Tropfen auf den Teststreifen)*
100 Pferdestärken ... und jetzt nur
noch 48 PS im
e-Rollstuhl. Guter Beitrag zum
ökologischen Gleichgewicht.

Otto: *(lacht)*
Ökologisches Gleichgewicht, ach
ihr Klima-Verbesserer. Besser als
eine Eselsstärke. „O" für Otto
Motor. Als kleiner Junge hab´ ich
geglaubt der Otto-Motor wäre
nach mir benannt. Mein Vater hat
mich damals ganz schön veräp-
pelt.

Carmen: *(Sie streckt ihm die Zahnbürste mit
aufgedrückter Zahnpasta entgegen.
Er öffnet demonstrativ den Mund,
um sich bedienen zu lassen)*
... was Sie allein können, sollen
Sie allein machen. Den Corona-

Test wollten Sie doch auch allein machen.
(Er putzt sich mürrisch die Zähne.)
Wann haben Sie sich denn das letzte Mal rasiert? Sie sehen aus wie der struppige Bruder von Knecht Ruprecht.
(Pause)
So können wir Sie der Bürgermeisterin nicht präsentieren.
(Er beschwert sich wortlos)
Dann noch ein Foto von Ihnen im Alb-Kurier, und die Leser denken es ist Weihnachten.
(Er brummt vor sich hin, während sie ein Glas Wasser holt)
Wollen Sie sich denn nicht mehr rasieren?
(Er schüttelt den Kopf)
Herr Herwig, Sie dürfen sich ruhig feiern lassen. Die Bürgermeisterin wird sich sicher nochmal dafür bedanken, dass Ihr Busunternehmen uns den Transportbus gespendet hat … und den Treppenlift am Eingang.
(Er winkt ab)
… die vielen Bustouren, die Sie in

den letzten 15 Jahren für uns or-
ganisiert haben.
(Sie reicht ihm das Wasserglas)
Ist doch toll, sich mal ehren zu
lassen.

Otto:	*(gurgelt, spült, spuckt aus)*
Sich ehren lassen … was ist an
mir noch ehrenvoll? Mir blieb ja
nichts Anderes übrig, sonst hätte
mich der alte, braune Grimbach
mit seinem grünen Stieftöchter-
chen nie in Ruhe gelassen. Der
Transportbus war eh aus'm Rest-
bestand vom Busunternehmen.
Konnte ich alles von der Steuer
absetzen.

Carmen:	Ich kann Ihnen beim Rasieren be-
hilflich sein.

Otto:	Weg mit dem Teil! Elektrorasie-
rer! Unnötiger Stromverbrauch!

Carmen:	Ach? Doch ein Klima-Verbesse-
rer?
(Er schmunzelt)
Weil heute Ihr Geburtstag ist,
habe ich zufälligerweise Pinsel
und Klinge dabei.
(Sie zeigt beides)
Ta-ta-taaa!

Otto:	Also gut, sie haben gewonnen, ich beuge mich der Klinge. Massakrieren Sie mich. Dann können Sie mir endlich helfen, von dieser traurigen Bühne abzutreten … *(Er lässt den Kopf hängen.)*
Carmen:	Oh nö, jemand, der so viel Gutes getan hat, kann doch nicht so lebensmüde sein! Kopf hoch - auch wenn der Hals dreckig ist! *(Sie beginnt mit Rasierschaum einzuseifen)*
Otto:	Aber Sie müssen das nicht machen.
Carmen:	Ich mach das gerne für Sie, dafür versprechen Sie mir, dass die Bürgermeisterin 10 min. kriegt … OK?
Otto:	Na schön, weil Sie's sind - ein Mensch mit sozialer Ader, den soll man nicht bremsen!
Carmen:	Es gibt nichts Gutes, außer man tut es.
Otto:	Oh Gott, jetzt auch noch fromme Sprüche.
Carmen:	Ich bin Pfarrersenkelin, Herr Herwig.
Otto:	Auch das noch.

Carmen: Mein Bruder ist ebenfalls Pfarrer.
             Zwei Onkel von mir waren´s
             auch.
Otto: Das wird ja immer schlimmer.
Carmen: Mein Großvater war Pfarrer in
             Kork, bei Kehl.
             (*Sie beginnt zu rasieren*)
Otto: (*nachdenklich*)
             mmh … Kork … kenn ich. Da
             waren die Heilanstalten … bei Of-
             fenburg … die kenn ich …
Carmen: Ja? Waren Sie mal dort?
Otto.   Ich hatte da in der Gegend mal
             eine … Bustour … mit dem
             alten O 7-3-50.
Carmen: Das heißt, das ist schon lange her,
             oder?
Otto: Ja.
             (*Pause*)
             Sehr lange.
Carmen: Dann ist meine Mutter vielleicht
             bei Ihnen mitgefahren. Zur
             Schule nach Offenburg.
Otto: Nee. Bestimmt nicht.
Carmen: Wieso? Kann doch sein. Meine
             Mutter musste damals jeden
             Morgen von Kork nach Offen-
             burg in die Schule.

| Otto: | Nein, das kann nicht sein … das … das waren keine normalen Busfahrten … das waren … ich hab′ Kranke transportiert. *(ablenkend)* Was macht denn mein Corona-Test? |

Otto: Nein, das kann nicht sein … das … das waren keine normalen Busfahrten … das waren … ich hab′ Kranke transportiert.
(ablenkend) Was macht denn mein Corona-Test?

Carmen: *(Sie schaut nach)*
Wir haben Glück: Nur ein Strich.

Otto: Glück?
(lacht verächtlich)
Mit zwei Strichen wäre der ganze Zirkus endlich vorbei.

Carmen: Herr Herwig!
(Pause)
Kopf ruhig halten.
(Pause)
Sie haben also Kranke transportiert, als Busfahrer …
Dann haben Sie vielleicht für meinen Großvater gearbeitet.

Otto: Wieso für Ihren Großvater?

Carmen: Mein Großvater war Leiter der Korker Anstalten.

Otto: Nein. Ich habe für ihn nicht gearbeitet.

Carmen: Stillhalten, sonst ist das Ohr ab!
Aber vielleicht sind Sie ja meinem Großvater begegnet.

Er war von 1939 bis 1963 Leiter
der Heilanstalt in Kork. Meine
Mutter hat ihn immer als muti-
gen Mann geschildert. Mich hat
er noch getauft.

Otto: Ja, da gehört schon Mut dazu, Sie
zu taufen!

Carmen: Nein. Er war im Dritten Reich
mutig gegenüber den Nazis.

Otto: Hm, … davon gab´s wenige, aber
viele haben's behauptet.

Carmen: Stillhalten, sonst wird´s blutig! …
wo war ich? … ach ja: Während
des Zweiten Weltkriegs wurden
im Rahmen der NS-Euthanasie-
Aktion über hundert Patienten
der Korker Anstalten abgeholt
und ermordet. Mein Großvater
hat versucht alle vor dem Ab-
transport mit den grauen Bussen
zu bewahren, konnte es aber
nicht verhindern. Er wurde des-
halb 1948 vor dem Landgericht
Freiburg angeklagt.

1. Akt, 2. Szene

Im Jahr 1947. Freiburger Landgerichtssaal. Der Angeklagte Pfarrer Meerwein, gegenüber der Richterin.

Richterin: Herr Pfarrer Meerwein, die Nationalsozialistischen Machthaber in Deutschland haben den Krieg zum Vorwand genommen, um sich der Geisteskranken in öffentlichen und privaten Heil- und Pflegeanstalten in einer planmässig vorbereiteten und während der Jahre 1940 und 1941 durchgeführten Aktion, der sogenannten «Euthanasie-Aktion T4», zu entledigen. Ihnen, Herr Pfarrer Meerwein, wird Beihilfe zum Mord in 113 Fällen vorgeworfen. In Ihrer Funktion als Anstaltsleiter in den Korker Pflege- und Heilanstalten haben Sie die zwei Deportationen von insgesamt 113 Ihnen anvertrauten Pfleglingen am 28.5. und 14.10.1940 nicht verhindert. In der Folge wurden diese 113 Pfleglinge in der Anstalt Grafeneck durch das NS-Regime ermordet.

Herr Pfarrer Meerwein, Sie haben die Anklage und Verteidigung gehört. Möchten Sie Stellung nehmen?

Meerwein:
Nachdem ich einige Zeit nach Abgang des ersten Transportes die Gewissheit erlangt hatte, dass die Pfleglinge getötet worden waren, habe ich mir immer wieder überlegt, wie ich mich weiter in dieser Sache und insbesondere bei künftigen Transporten verhalten soll. Mir war klar, dass ich die Massnahmen nicht nur ablehnen, sondern auch, soweit es in meinen Kräften stand, verhindern müsse. Ein Rücktritt von meinem Posten erschien mir zwecklos, da dann voraussichtlich von Staatswegen ein gefügiger Leiter eingesetzt oder die Anstalt verstaatlicht worden wäre. Durch rein passive Resistenz, die ich auch in Erwägung gezogen habe, hätte ich keinen einzigen Pflegling retten können, da die auf den Listen verzeichneten Personen zwangsweise abgeholt worden wären.

Im Interesse der Pfleglinge bin
ich dann den vorhin geschilder-
ten Weg gegangen. Durch meine
Bemühungen ist es ja auch gelun-
gen, den 2. Transport von 101 auf
43 Pfleglinge zu verringern."

1. Akt, 3. Szene
Im Pflegeheim. Carmen bei der Rasur von Otto.

Carmen:

Er konnte Kork ja nicht verlassen.
Meine Oma schilderte, wie nachts
einzelne Personen ins Pfarrhaus
kamen und von Opa auf dem
Dachboden versteckt wurden, bis
er sie an den Rhein bei Auers-
heim bringen konnte, von wo aus
sie die Flucht weiter nach Frank-
reich antreten konnten. Aber er
konnte die Deportation und Er-
mordung von 113 Pfleglingen
nicht verhindern und fühlte sich
schuldig vor Gott, zu wenig ge-
tan zu haben.
*(Sie vergisst unter der Nase den
Schaum zur rasieren)*

Otto:	Ersparen Sie mir das. Ich habe es erlebt. Schlimme Zeiten damals.
Carmen:	*(beharrlich)* Allerdings, fürchterlich. Anfangs hatte mein Großvater sich noch für die deutschnationale Idee begeistert, hat sich als 17-Jähriger freiwillig zum 1. Weltkrieg gemeldet. Später wurde er Pfarrer in Südbaden.
Otto:	Wie? Ein Soldat wird doch kein Pfarrer!
Carmen:	Doch, als er merkte, dass die Deutschen ein Unrechtsregime zuliessen.
Otto:	*die Deutschen* … scheren Sie nicht alle über einen Kamm.
Carmen:	Oh, Entschuldigung, da habe ich was vergessen … stillhalten! *(Sie beendet die Rasur und nimmt das Rasierschaum-Hitler-Bärtchen weg und wäscht ihm Kinn und Hals mit Waschlappen)* … tja, er war auch ein Deutscher und kam so zum Widerstand. Nationalsozialistisches Gedankengut verbreitete sich rasant in der evangelischen Kirche. Vielleicht wissen Sie das gar nicht,

aber die meisten Protestanten
wurden zu „Deutschen Christen"
unter Reichsbischof Müller.
(*trocknet Kinn und zieht ihm Schlaf-*
anzug-Oberteil aus und wringt
nochmal Waschlappen aus)
Achtung jetzt wird's kalt.
(*Sie wäscht ihm den Oberkörper mit*
einem Waschlappen, wobei sie unbe-
wusst einzeln beide Arme hochhebt,
und unter den Achseln wäscht, zu-
erst rechts ...)
Dieser Reichsbischof Müller war
persönlicher Ratgeber von
Hitler in Kirchenfragen, ein Bil-
derbuch-Nazi.

Carmen: (*wechselt zu anderen Seite ...*)
und jetzt den Arm nochmal he-
ben
(*Er hebt provokativ den rechten Arm*
ähnlich dem Hitlergruss. Sie haut
ihm liebevoll auf die Hand)
Herr Herwig ... das ist nicht lustig! ... damit machen Sie sich
strafbar!

Otto: (*grinst*) ... Entschuldigung,
konnte nicht anders, wenn Sie

Carmen: hier den kalten, braunen Kaffee wieder aufkochen …

Carmen: Machen Sie sich nur lustig, so kalt ist der Kaffee nicht. Die Neonazis sind wieder da und diesmal international verlinkt, … oder muss man sagen: «ver-rechts-t»? Ja, wer die Geschichte nicht kennt, ist verdammt die Fehler der Vergangenheit zu wiederholen … wer hat das nochmal gesagt? … Nelson Mandela? oder Mahatma Gandhi? …

Otto: Meistens wird es Churchill zugeschrieben, aber der hat es bei Santayama abgekupfert … sind alles keine Heiligen …

Carmen: Wirklich? … na ja … einige wenige waren damals sehr wohl gegen diese Gleichschaltung der evangelischen Kirche mit dem NS-Regime. Sie gründeten den Pfarrer-Notbund.

Otto: Und Ihr Großvater gehörte dazu?

Carmen: (*nickt*) Uh-hm

Otto: Mutige Leute.

Carmen: Ja. Aus dem Pfarrer-Notbund entstand die Bekennende Kirche.

Viele von denen waren im Wi-
derstand, zum Beispiel Bonhoef-
fer, Niemöller und auch der Bi-
schof der Württembergischen
Landeskirche, Theophil Wurm.
Es gab überall Hausdurchsu-
chungen, auch im Pfarrhaus mei-
nes Großvaters.

Otto: Wen interessiert das denn heute
noch?

Carmen: Doch das ist wichtig: Zwei Ge-
stapo-Leute aus Mosbach über-
wachten ihn. Irgendwie kam heraus, dass er den Stammbaum des
NSDAP-Ideologen und Antisemi-
ten Rosenberg mit einer ver-
meintlichen, jüdischen Vorfahrin
vervielfältigt und verteilt hatte.

1. Akt, 4. Szene

*Im Jahr 1938. Im Pfarrhaus Meerwein in Wertheim.
Pfr. Meerwein am Telefon.*

Meerwein: … Michael, die Gestapo ist uns
auf der Spur und kann jeden Mo-
ment auftauchen. Du musst sofort mit dem Motorrad losfahren

24

und bei allen unseren Pfarrern
des Bezirks den Rosenberg-
Stammbaum wieder einsammeln
und sofort verbrennen, sonst
werden wir alle verhaftet! …
(*hört zu*)
… ja genau!

*Es klopft. Meerwein öffnet die Türe. Zwei GE-
STAPO-Beamte stehen davor.*

GESTAPO I: Herr Pfarrer Meerwein?
Meerwein: Ja.
GESTAPO II: Wir haben eine Frage.
Meerwein: Um was geht es?
GESTAPO I: Dürfen wir hereinkommen?
Meerwein: (*nickt und lässt sie herein*)
GESTAPO II: (*hält ihm einen Zettel hin*)
Herr Pfarrer, kommt Ihnen dieses
Blatt hier bekannt vor?
Meerwein: Ja.
GESTAPO II: Woher haben Sie das?
Meerwein: Das wurde mir anonym zuge-
schickt.
GESTAPO I: Wem haben Sie diesen erlogenen
Stammbaum unseres Reichsmi-
nisters Rosenberg alles gezeigt?
Meerwein: … das weiß ich nicht mehr …

GESTAPO II: … Herr Pfarrer Meerwein, wir
               haben da andere Informationen
               … bitte erinnern Sie sich!
Meerwein: … ja, ich glaube, das waren zwei
               oder drei befreundete Pfarrer …
GESTAPO I: So, so, und warum haben Sie das
               getan?
Meerwein: … ich … ich wollte wissen, ob sie
               auch so einen Stammbaum erhal-
               ten haben …
GESTAPO II: Und? Haben Ihre befreundeten
               Pfarrer den Stammbaum auch er-
               halten?
Meerwein: Nein.
GESTAPO I: Warum denn nicht?
Meerwein: Weil ich ihn sofort verbrannt
               habe, nachdem ich Ihnen diesen
               gezeigt hatte.
GESTAPO I: Ach wirklich?
               (Meerwein nickt)
GESTAPO II: Wie kann es dann sein, dass wir
               dieses verleumderische Stück Pa-
               pier hier vor Ihnen in den Hän-
               den halten?
Meerwein: Das weiß ich nicht.
GESTAPO I: Ach, Sie wissen es nicht? Nun
               dieser Pfarrer, den Sie als Freund
               bezeichnen, behauptet, es von

Ihnen erhalten zu haben. Wie ist denn das möglich, wenn Sie es doch verbrannt haben?

Meerwein: Ich weiß es nicht.

GESTAPO I: Sie wissen es nicht! Dürfen wir Sie dann bitten, uns zu begleiten, um Ihrem Gedächtnis auf die Sprünge zu helfen?

Meerwein & GESTAPO-Beamte gehen ab.

1. Akt, 5. Szene
Im Pflegeheim. Carmen bei Otto.

Carmen: … es kam zum Strafprozess gegen ihn. Ihm drohten zwei Jahre Gefängnis. Doch dann kam eine Amnestie wegen Hitlers Einmarsch in Österreich, unter die er als unbedeutender, politischer Gefangener fiel. Somit wurde das Verfahren abgebrochen.

Otto: Ja, schön. Wir standen alle mit einem Bein im Gefängnis … ein falsches Wort … so war das halt …

Carmen:	Die innere Mission, heute die Diakonie, der ja auch das Pflegeheim gehört, bot ihm den Posten als Leiter der Korker Anstalten an. So und jetzt dürfen Sie wählen: *(Sie zeigt ihm zwei Hemden.)* Schlank machende Streifen oder dezentes Himmelblau?
Otto:	Das Blaue, wenn's sein muss. Aber verschonen Sie mich dafür mit Ihrem Geschichtsvortrag … *(Sie zieht ihm das Hemd an.)*
Carmen:	Sie haben damit angefangen, jetzt müssen Sie's zu Ende hören: 1939 wurde in Berlin in der Tiergartenstrasse 4 der systematische, organisierte Mord an den Behinderten beschlossen, die „Aktion T4" sogenannte "Vernichtung lebensunwerten Lebens" …
Otto:	*(erbost)* Lassen Sie mich doch in Ruhe mit dem. Woher sind sie sich so sicher, dass das alles so abgelaufen ist? Sie haben doch keine Ahnung … 80 Jahre später! Ja, heute ist niemand mehr daran

	schuld und alle sind heilig, als ob es ihnen nie passieren könnte ….
Carmen:	Ja, schon klar. Aber wissen Sie, ich habe mich halt schon als Schülerin intensiv damit beschäftigt und ein Referat gehalten: „Euthanasie - wie hätten WIR uns verhalten". Ich wollte meinen Opa verstehen, ihn auf diese Weise besser kennen lernen …
Otto:	Schwierig, sich im Nachhinein ein Bild von jemandem zu machen. Meistens ist es dann stark verfälscht, so wird man entweder zu Unrecht glorifiziert oder zu Unrecht verteufelt … *(Sie zeigt ihm Krawatten)*
Carmen:	Die Schwarze oder die Bunte? *(Er zeigt mit Kopfbewegung auf die Schwarze. Sie schüttelt den Kopf und bindet ihm die Krawatte)*
Carmen:	November ´39 kamen Meldebögen aus Berlin. Der Anstaltsarzt von Kork musste sie ausfüllen. Herkunft, Diagnose, Arbeitsfähigkeit von jedem Kranken. Mai ´40 kam eine Anordnung, dass 75 Patientinnen verlegt werden

müssten. Mein Großvater protes-
tierte in Karlsruhe beim Ministerialrat, Dr. Ludwig Sprauer. Ver-
geblich. Ende Mai kamen drei
„graue Busse". 70 Personen wurden abgeholt.

1. Akt, 6. Szene

1940 im Büro von Ministerialrat Dr. Sprauer.

Meerwein: Hr. Dr. Sprauer, ich weiß jetzt,
              was los ist und was mit den Ab-
              transportierten geschieht ….
Sprauer: *(fällt ihm ins Wort)* Herr Meer-
              wein, ich habe Ihnen bei unserem
              letzten Gespräch schon gesagt,
              dass ich Sie verhaften lassen
              muss, wenn Sie weiterreden!
Meerwein: Alle meine 70 Pfleglinge wurden
              mit den grauen Bussen nach Gra-
              feneck gebracht. Dort starben sie!
              Alle!
Sprauer: Herr Meerwein!
Meerwein: Ich habe hier Briefe von den An-
              gehörigen, die nach der Todesur-
              sache fragen …
Sprauer: Ich verbiete Ihnen das Wort!

Meerwein: Wie können Sie das vor Gott ver-
               antworten? In Ihrer Haut möchte
               ich nicht stecken?
               (Stille)
Meerwein: … und nun wollen Sie mit Ihren
               grauen Bussen weitere hundert
               Pfleglinge abholen. Wir betreiben
               Landwirtschaft und versorgen
               damit die Bevölkerung, auch Ka-
               sernen. Ich bitte Sie dringend,
               den angekündigten Transport
               rückgängig zu machen.
Sprauer: Ich kann da nichts machen. Ich
               bin Beamter, habe Befehle direkt
               aus Berlin.
Meerwein: Aber es sind 68 Arbeitsfähige un-
               ter ihnen, die kann und will ich
               nicht entbehren. Wir wären fi-
               nanziell ruiniert.
Sprauer: *(überlegt)* Herr Meerwein, also
               gut: Sie dürfen die arbeitsfähigen
               Kranken durch arbeitsunfähige
               Kranke aus Ihrer Anstalt erset-
               zen.
Meerwein: Herr Dr. Sprauer, ich mache mit
               Menschen keine Tauschgeschäfte.
               (Stille)

Meerwein: Hr. Pfarrer von Bodelschwingh
aus Bethel hat mir persönlich die
Auskunft gegeben, dass Berlin arbeitsfähige Kranke nicht abtrans-
portieren lässt.

Sprauer: *(überlegt)*
So, das wissen Sie?
(Meerwein nickt)
Wenn das so, Herr Meerwein,
dann dürfen Sie Ihre arbeitsfähi-
gen Kranken behalten, aber das
ist mein letztes Wort. Ich möchte
Sie hier nicht mehr sehen, sonst
werde ich Sie verhaften lassen.
Geben Sie mir Ihre Liste.

1. Akt, 7. Szene
Otto Herwigs Pflegezimmer.

Carmen: … und tatsächlich ging dieser
Sprauer darauf ein und strich die
67 Arbeitsfähigen ersatzlos von
der Liste.
*(Otto dreht verärgert den Kopf weg.
Sie zieht ihm noch ein Jackett an,
während er böse schweigt)*

Otto: Ja, das ist schlimm ... schlimm ... aber warum kann man die Vergangenheit nicht ruhen lassen? Man muss nicht immer alte Wunden aufreissen! So ein Psycho-Scheiss! Es geht doch nicht ums Verzeihen, sondern nur ums Verstehen! Na, hat er es denn verhindern können? Er hat überlebt und nichts riskiert, oder? Sonst wären Sie ja jetzt nicht hier!

Carmen: Ja, klar, aber er hat's versucht: Er fuhr zurück nach Kork und beschloss drei Dinge: Er schrieb alle Angehörigen an und bat, ihre Pfleglinge privat zurückzunehmen, das hatte Sprauer auch genehmigt. Das machten nur sehr wenige. Zweitens lud er alle übrigen Angehörigen nach Kork ein und verlangte nochmals, dass sie bei unmittelbar drohender Deportation ihre Pfleglinge mit nach Hause nehmen. Drittens forderte er die Meldebögen aus Berlin zurück, um die Arbeitsfähigkeiten zu korrigieren.

Otto: (*nachdenklich*) Naja, dann hat ihr
Großvater doch einiges richtig
gemacht. Zumindest mehr als ich
…

Carmen: Nee, so glatt lief es auch nicht! 43
Namen blieben eben immer noch
auf der Liste. Diese 43 Menschen
wurden abgeholt mit den grauen
Bussen … Mein Opa konnte es
nicht verhindern. Alle Mitarbei-
ter in Kork wussten, was mit den
Deportierten geschah. Im Prozess
nach dem Krieg wurde er wegen
erwiesener Unschuld freigespro-
chen. Aber es hat ihn nie mehr
losgelassen.
(*Sie stellt sich vor ihn.*)
So, jetzt Beine zusammen, Herr
Herwig, Füße unters Bett, Hände
zusammen um meinen Hals,
schön nach vorne lehnen.
(*Sie greift ihm unter beide Arme*)
Herr Herwig? Warum weinen Sie
denn? … kommen Sie … uuuund
hoch
(*Sie richtet ihn langsam auf*)

Otto: (*niedergedrückt*)
Ich war der Busfahrer.

Carmen: Jetzt nach rechts in den Rollstuhl
            … uuuund hopp

Sie setzt ihn in den Rollstuhl.

2. Akt

2. Akt, 1. Szene

Motorengeräusch. Grauer Bus kommt an und hält bei laufendem Motor mit stetiger Gas-Fahne am Auspuff. Busfahrer Otto Herwig als 20-Jähriger steigt mit dem Transportleiter Hr. Bückel aus. Pfarrer Meerwein kommt von der anderen Seite entgegen.

Meerwein:	Guten Tag, Meerwein.
Bückel:	Heil Hitler. Bückel. Transportleitung. Wir sind hier, um die Kranken abzuholen. Sie haben die Liste ja bereits erhalten. Sie können jetzt die Kranken bringen, Herr Direktor Meerwein.
Meerwein:	Nein, das werde ich nicht tun, Herr Bückel. Was hier geschieht, ist grosses Unrecht. Ich werde Ihnen meine Pfleglinge nicht herausgeben.
Bückel:	Herr Direktor Meerwein. Ich habe hier eine Liste von 43 Personen von Herrn Medizinalrat Dr. Sprauer erhalten, die Sie genehmigt haben. Bringen Sie jetzt die Behinderten.

Meerwein:	Ich kann das als Christ vor mei- nem Gott nicht verantworten. Ich verweigere Ihnen die Heraus- gabe.
Bückel:	Und ich kann es mit meinem Ge- wissen vor dem Führer nicht ver- antworten, wenn ich meinen Auf- trag nicht ausführe. *(zu Otto Herwig)* Herr Herwig, helfen Sie dem Direktor die Kran- ken herauszuholen und in Ihren Bus zu bringen.
Meerwein:	*(zum Busfahrer)* Ich rate Ihnen, das nicht zu tun. Sie sind noch jung. Vergessen Sie nicht: die schlimmsten Taten können bei Reue von Gott vergeben werden. Ihr Gewissen aber bleibt Ihnen dennoch bis ins hohe Alter ….
Bückel:	*(brüllt)* Herr Meerwein, wenn Sie weitere Schwierigkeiten machen, werde ich Sie gleich mitnehmen.
Otto:	Herr Transportleiter …
Bückel:	Was ist?
Otto:	Es sind nur 43.
Bückel:	Na und?
Otto:	In der Anstalt Herten haben wir auch einen Bus leer gelassen.

Bückel:	Herr Herwig, das war eine ganz andere Situation. Die Kranken dort wurden von ihren Familien vorher abgeholt. Hier haben die Familien das nicht getan. Habe ich Recht, Herr Direktor? *(Meerwein schweigt)* *(zu Otto)* Herwig, gehen Sie los!
Meerwein:	Herr Bückel, nicht alle sind arbeitsunfähig. Die Arbeitsfähigen darf ich behalten. Ich kann Ihnen zeigen, dass sie alle noch Kartoffelsäcke schleppen können. Ich brauche alle für die Landwirtschaft.
Bückel:	Nein! Darauf lasse ich mich nicht ein. Die Arbeitsunfähigkeit ist amtlich von Berlin bestätigt.
Otto:	Aber wenn sie doch noch arbeiten können …
Bückel:	Herwig, die Transportleitung liegt bei mir. Sie sind nur der Busfahrer. Wissen Sie, was auf Befehlsverweigerung folgt? *(Stille)*
Otto:	Schon gut, hab's kapiert.
Bückel:	*(zu Meerwein)*

Bückel:	Zum letzten Mal: führen Sie uns nun zu den Kranken. *(Meerwein schüttelt den Kopf)* Nun gut, ich werde eine Meldung machen müssen. Und Sie werden mit den Folgen leben müssen.
Meerwein:	Ja, und Sie werden mit ihrem Gewissen leben müssen.
Bückel:	Herwig, wir müssen wohl die Kranken selbst holen. Kommen Sie mit.

Gehen ab in Richtung Anstalt. Meerwein bleibt allein vor Bus stehen.

2. Akt, 2. Szene
Otto Herwigs Pflegezimmer

Carmen:	*(Sie steht vor Otto, der niedergedrückt im Rollstuhl sitzt)* Wie bitte?
Otto:	Ich war einer der Busfahrer bei diesem Transport, Busfahrer der grauen Busse!
Carmen:	Oh mein Gott, Herr Herwig, ist das wahr?

Otto:

Ich … ich habe nie jemandem davon erzählt … ich kann mich an Ihren Großvater erinnern. Er war tatsächlich mutig. Er weigerte sich die 43 Pfleglinge aus den Zimmern zu holen. Bückel - mein Transportleiter - war wütend. Ich hör ihn noch brüllen: „Herr Meerwein, wenn Sie Schwierigkeiten machen, werde ich Sie gleich mitnehmen!" Ihr Großvater versuchte, Pfleglinge zu retten und ließ sie Säcke hochheben, um ihre Arbeitsfähigkeit zu beweisen. Es war schrecklich. Wir holten alle Kranken aus der Anstalt und fuhren sie nach Grafeneck, wo die Abgase aus meinem Bus in die Waschsäle geleitet wurden. Alle wurden vergast. Ich höre noch heute die Schreie.
(Otto versteckt Gesicht und weint. Carmen legt tröstend die Hand auf seine Schulter)
Ich war doch nur ein Busfahrer! Noch keine Zwanzig! Mein Vater war überzeugt, dass Rassenhygiene richtig sei, und besessen von

dem ganzen Arier-Scheiss,
ebenso wie der Gauleiter Grimbach. Die Kranken wussten ja
nicht, wohin sie gebracht wurden. Wir logen sie an, sagten, es
sei ein Ausflug zu einem Schloss.
Das machte es leichter. Die meisten freuten sich auf den Ausflug.

Carmen: *(sprachlos, macht Übersprunghandlungen und kämmt ihm das Haar)*

Otto: *(Er reisst ihr den Kamm aus der Hand, schleudert ihn weg, zornig schreiend)*
Jetzt hören Sie auf damit! Verstehen Sie nicht! ICH WAR DER BUSFAHRER! Ich habe die alle in die Hölle, in einen grausamen Tod, kutschiert!

2. Akt, 3. Szene

Die Türe wird aufgerissen. Auftritt von Heimleiter Hr. von Borst, Bürgermeisterin Fr. Schmitt-Grimbach.

Von Borst: Herr Herwig, schauen Sie mal, wen ich Ihnen mitgebracht habe!

(Otto hebt Kopf nicht aus den Händen)

Aber Herr Herwig, was ist denn mit Ihnen? Unsere Bürgermeisterin Frau Grimbach möchte Ihnen gratulieren!

(Sie sieht das Rasiermesser, nimmt das Messer von der Ablage des Elektrorollstuhls, zeigt es Carmen und schüttelt vorwurfsvoll den Kopf. Carmen nimmt es entgegen und legt es auf den Tisch.)

Grimbach: *(mit Geschenkkorb und Blumen)* Herr Herwig, ich wünsche Ihnen im Namen unserer geliebten Heimatstadt alles Gute zu Ihrem 100. Geburtstag. 100 Jahre! Hier kann man gut alt werden. Und Sie sind das beste Beispiel dafür. Ihre Verdienste für unsere Stadt sind grossartig, unvergesslich, vorbildlich. Sie sind der älteste Bürger von Läutlingen. Da kann man nur gratulieren. Das von Ihrem Vater gegründete Busunternehmen Herwig hat über fast 120 Jahre nicht nur unsere Stadt Läut-

lingen, sondern das ganze schwä-
bische Ländle mit grossartigen
Fahrten an die schönsten Orte
unseres geliebten Schwarzwaldes
beglückt und das Bild unserer
Stadt geprägt. Herr Herwig?

Otto: *(rührt sich nicht)*

Carmen: Ich glaube, Herr Herwig, ist grad
             gefühlsmässig zu stark aufge-
             wühlt, ihm geht's nicht gut, es
             wäre besser, Frau Grimbach,
             wenn Sie wieder …

Von Borst: Carmen!
             (wendet sich Otto zu)
             Herr Herwig, schauen Sie mal:
             Unsere Bürgermeisterin hat
             Ihnen auch was Schönes mitge-
             bracht, eine Flasche Champagner
             und einen Geschenkkorb aus
             Rennes, unserer Partnerstadt, das
             kennen Sie doch noch, wo sie uns
             doch mit Ihrem Bus so oft hinge-
             fahren haben. Hm, Herr Herwig,
             Sie lieben doch den Champagner
             so, nicht wahr?
             (nickt der Bürgermeisterin zu) …
             Herr Herwig?

Grimbach: Herr Herwig, was ist denn los? Können wir Ihnen wirklich nicht etwas Gutes tun?

Otto: *(schüttelt den Kopf)*

Von Borst: Carmen? Was ist hier vorgefallen? Was hast Du mit Herrn Herwig gemacht? Wo ist eigentlich der Corona-Test? … und?

Carmen: Corona-Test war negativ, aber Herr Herwig hat mir gerade erzählt …

Otto: Raus!

Grimbach: Bitte?

Otto: Alle raus! Ich will das alles nicht! *(dreht Elektrorollstuhl mit Rücken zu ihnen & gleichzeitig in Richtung Tisch mit Rasiermesser)*

Von Borst: Aber Herr Herwig, Sie werden doch nur einmal hundert …

Otto: *(schaut auf)* raus! … Schluss mit Lügen … raus, alle raus!

Carmen: Lieber Herr Herwig, nur zehn Minuten, Sie haben's mir doch vorhin versprochen. *(keine Antwort)* … dann sind wir weg und lassen Sie in Ruhe.

Grimbach:	Ja, nur fünf Minuten … und ein Foto … es kommt doch jetzt einer vom Läutlinger Alb-Kurier … Herr von Borst, warum ist der noch nicht da?
Von Borst:	Carmen? Das wolltest Du doch erledigen?
Carmen:	Ja, ich … ich weiß nicht … der war auf zehn bestellt … hab aber nichts mehr von dem gehört…
Von Borst:	Carmen, dann hak nochmal nach … und das Bett!
	(*Carmen geht zum Bett & richtet es*)
Grimbach:	Ja, ein gemachtes Bett ist besser für's Bild … sonst macht Fr. Koch ein Handyfoto … ich ruf jetzt die Zeitung an … und Sie machen das Bett … Ede kenne ich gut … (*wählt*)
Otto:	Der soll gar nicht kommen! Den will ich nicht sehen. Lasst mich in Ruhe!
Grimbach:	(*gleichzeitig am Telefon*) Ede? Ja, Hi Ede, Sandra am Apparat … Du wolltest doch wen für den Hundertjährigen in der Residenz auf Zehn vorbeischicken, oder? …

Otto: Keiner soll kommen! Lasst mich
                 in Ruhe
                 (*rollt vorsichtig näher zum Tisch mit
                 dem Rasiermesser*)
Von Borst: Ja, schon gut Herr Herwig, nur
                 kurz. Carmen, könntest Du noch
                 die Kerzen anzünden, das käme
                 auch gut auf dem Bild.
Grimbach: Ja, bin grad bei ihm, aber noch
                 keiner da …. wie? Wie heisst der?
                 Rob In-wie? Ah …
                 (*wendet sich an Borst*)
                 Sind wir hier im 104?
                 (*Bürgermeisterin am Handy; die Tür
                 geht auf und Robin kommt rein*)
Otto: (*schreit*) Ich habe ein Recht auf
                 Privatsphäre! Ich will hier keinen
                 weiteren Aasgeier sehen! Einen
                 Wichtigtuer, der irgendeinen
                 Dreck über meinen Mumifizie-
                 rungstag schreibt. Schon gar kei-
                 nen vom Alb-Kurier! Ich brauch
                 keinen heuchlerischen Nachruf
                 irgendeines Schmierfinken!

Stille

2. Akt, 4. Szene

Tür geht auf. Auftritt von Reporter Robert Ruiz.

Ruiz: Äh, sorry, bin ich hier richtig? Ich bin vom Alb-Kurier und soll ein Foto von einem Hundertjährigen machen.
(Otto hat Tisch erreicht und nimmt sich unbemerkt das Rasiermesser, als alle zur Türe schauen)

Grimbach: Wie schön, dass Sie da sind, Herr ….

Ruiz: Ruiz, Robin Ruiz …

Von Borst: Gut, Herr Ruß, sie kommen gerade recht. Ich denke, wir machen schnell das Foto vorm Bett … Herr Herwig kommt vors Bett … Carmen! … Herr Russ gehen Sie mal da rüber, machen Sie das Foto vom Fenster aus …

Ruiz: Ja, das kommt gut vom Licht her …

Grimbach: Der Geschenkkorb muss mit aufs Bild!

Von Borst: Carmen!
(alle machen sich hastig für ein 5 min. Foto parat, stellen sich um Otto vor dem Bett auf, von Borst zieht

*Handspiegel heraus, schaut sich an,
richtet Haare nach, rückt sich Pflege-
kittel zurecht; Bürgermeisterin
macht gleichzeitig das Gleiche; Carmen stellt Kuchen mit Kerzen auf
das Tablar des Rollstuhls & zündet
Kerzen an)*

Carmen: Ach schauen Sie doch ein biss-
             chen fröhlicher
             (rückt ihm Krawatte nach)
Ruiz: Frau Bürgermeisterin, noch ein
             bisschen mehr nach rechts, Sie
             sind zu weit links
Von Borst: Zu weit links. Habe ich Ihnen das
             nicht neulich im Gemeinderat
             auch schon gesagt?
             (schickt dabei Carmen aus dem Bild)
Grimbach: Was gesagt?
Von Borst: Sie stehen zu weit links!
             (beide lachen)
Ruiz: Jetzt zu mir nach vorne schauen
             … Achtung!
             (macht Foto)
             …. und noch eines …
             *(Otto nimmt Rasiermesser hervor
             und schneidet sich durch die Klei-
             dung quer die Arterie am gelähmten
             Arm oberhalb des Ellenbogens auf)*

Grimbach:	Und jetzt noch eines mit den Blumen …
Von Borst:	Herr Herwig! (*schreckt zurück*) … Carmen!
Grimbach:	Oh, mein Gott! (*schreckt gleichzeitig zurück*)
Otto:	(*fuchtelt abwehrend mit Rasiermesser in der Luft*) Weg alle weg! Ihr lasst mich jetzt endlich hier sterben!
Von Borst:	Carmen, den Notarzt!
Grimbach:	Oh, mein Gott, tun Sie was! Binden Sie den Arm ab!
Otto:	Nein, ich habe ein Recht darauf, steht in meiner Patienten-Verfügung, kein Notarzt!
Carmen:	Ja, ich weiß, Sie haben zwar so eine Verfügung, aber das gilt nur für Wiederbelebung … (*die drei Frauen umzingeln ihn langsam von allen Seiten - Ruiz steht regungslos am Fenster und schaut nur zu …*)

Stille

Otto: Kommen Sie nicht näher
                 (legt sich Rasiermesser drohend an
                 den Hals. Alle erstarren)
Carmen: Herr Herwig, bitte … geben Sie
                 uns das Rasiermesser …
Von Borst: Herr Herwig …
Otto: Weg oder sonst …
                 (hält sich Rasiermesser weiter an die
                 Halsschlagader)
Carmen: *(zu Borst)* … lass mich
                 (zu Otto) Ich verstehe, dass Sie
                 keine Lust mehr zu leben haben.
                 Sie können die grauen Busse
                 nicht vergessen. Sie können doch
                 nichts dafür. Verzeihen ist das
                 schwierigste im Leben. Sich selbst
                 und anderen. Sie haben doch spä-
                 ter so viel Gutes in Ihrem Leben
                 getan. So viel. Das zählt auch.
Otto: … die grauen Busse … ha, ist das
                 nicht ironisch? … dabei war mei-
                 ner rot … von der Reichspost ge-
                 liehen … die Braunen haben rote
                 Busse benutzt, ha! … ja, ja, aber
                 sie hören nicht auf zu fahren …
                 die vielen Toten …
Grimbach: Halluziniert er? …
                 (zu den anderen) er ist nicht bei

Sinnen … er ist nicht mehr zu-
rechnungsfähig … wir müssen
ihm das Messer abnehmen … wir
dürfen das Blutbad nicht zulas-
sen …

Von Borst: … ja, kein Blutbad hier!

Otto: Nein, ich bin voll bei Sinnen …
noch ein Schritt und ich mache es
endgültig! (*legt sich Messer fester
an den Hals*)

Ruiz: warten Sie ab … der wird so-
wieso gleich ohnmächtig …

Von Borst: Carmen … Du machst das gut …
mach weiter

Carmen: Herr Herwig, ich betreue Sie
schon so lange und werde Sie im-
mer weiterbetreuen und bei allem beistehen, aber geben Sie mir
bitte in Gottes Namen das Messer
…

Otto: … lasst Sie mich mit Ihrem Gott
in Ruhe … jetzt holen auch mich
die grauen Busse …

Grimbach: Die grauen Busse? Was meint er
damit?

Carmen:	Als ganz junger Mann musste er für die Nationalsozialisten Behinderte zur Vernichtung nach Grafeneck deportieren …
Grimbach:	Und Sie wussten das?
Von Borst:	Was, Carmen, das wusstest Du?
Otto:	Nein, ich habe ihr erst vorhin alles erzählt … alles, dass ich als Busfahrer von Januar bis Dezember 1940 für die GEKRAT hunderte von Behinderten nach Grafeneck und Hadamar fuhr … ja, ha, der großartige Herwig, der Vielgeehrte, der Wohltäter der Stadt! Ha, alles Lüge, aber jetzt ist Schluss mit Lügen … ich fuhr sie alle in den Tod … ich höre noch ihre Schreie …
Grimbach:	Das ist ja grauenhaft!
Otto:	Ach, tun Sie doch nicht so scheinheilig … Ihr Grossonkel war der zuständige Gauleiter. Deshalb hat Ihr Vater von meiner Vergangenheit gewusst und diese mir immer wieder unter die Nase gerieben, um Spenden aufzutreiben …

Carmen: Das ist wirklich alles grauenhaft,
             aber das ist so lange her … Herr
             Herwig, Sie haben viel Schuld auf
             sich geladen, aber das können
             wir zusammen überwinden. Wir
             können das überwinden, wenn
             wir darüber reden, Gott wird
             Ihnen vergeben, nur nehmen Sie
             jetzt das Messer runter ….
Otto: Ja, ihr Gott kann alles vergeben,
             aber das Gewissen bleibt uner-
             bittlich!
             Ihr Grossvater hatte recht …
             Mord, ja, Massenmord verjährt
             nicht. Jetzt habe ich mich selbst
             gerichtet, dann müsst Ihr mich
             nicht mehr vor Gericht zerren,
             wie die anderen … und gleich ist
             es eh vorbei … ich spüre schon
             die Kälte … und das Licht … die
             …
             (*wird ohnmächtig*)

2. Akt, 5. Szene

Ottos Zimmer im Pflegeheim

Ruiz: So! Jetzt können wir handeln.
(bindet schnell mit bereits vorbereitetem Gurt seiner Kamera die blutende Oberarmwunde ab)
Helfen Sie mir, ihn auf den Boden zu legen. Sie da, nehmen Sie die Füsse …
(geht hinter Herwig und packt ihn fachgerecht im Rautek-Griff, während Carmen die Füsse nehmen will)

Grimbach: *(stellt sich vor Carmen)*
Halt! Was machen Sie da? Er hat klar gesagt, dass er keine Wiederbelebung will!

Von Borst: *(greift sich das eine Bein)*
Nee, nee, Carmen nimm Du rechts. Ich nehme links, Er darf nicht sterben.

Grimbach: *(greift Carmen in den Arm)*
Sie wissen, dass Sie sich strafbar machen, wenn Sie ihn jetzt wiederbeleben trotz Patientenverfügung!

Ruiz: Bei allem Respekt, aber er lebt ja noch … er ist nur bewusstlos, da

ist jede Hilfe unsere Pflicht! Das
steht so im Gesetz!

Grimbach: Er ist hundert! Überlegen Sie mal.
Wenn Sie nichts machen, stirbt er,
wie er es gewollt hat. Wir respek-
tieren seinen Willen. Lassen Sie
ihn sterben.

Von Borst: Seinen Willen? Aber Sie haben ja
selbst gesagt, dass er halluziniert
hat und nicht bei Sinnen war …
wie kann man da von seinem
Willen ausgehen?

Ruiz: Genauso ist es, der Wille kann
sich stets ändern. Woher wollen
Sie, Frau Bürgermeisterin, wissen, dass er angesichts des Todes
seinen Willen in letzter Sekunde
nicht noch geändert hat?
(*nimmt Bein in die Hand*)
Carmen, Sie rechts, ich links …

Carmen: (*Carmen lässt Bein wieder los*)
… er hat nicht halluziniert und
sich schon seit Monaten den Tod
herbeigesehnt …

Von Borst: Nein, nein, in meinem Heim
gibt's keinen Selbstmord!
(*Borst nimmt beide Beine*)

Ruiz: Herr Herwig, wir legen Sie jetzt auf den Boden, auf drei: eins, zwei, drei …
(Ruiz und Borst nehmen Otto hoch und legen ihn auf den Boden. Ruiz tastet Puls, prüft Atmung und kneift in Ottos Brust, Otto stöhnt kaum hörbar)
Der wird nicht wach. Stabile Seitenlage.
(zu Borst) Helfen Sie mir. Haben Sie eine Infusion und einen Zugang?

Von Borst: Carmen, Infusion!

Carmen: Ja, hole ich … *(geht ab)*

Von Borst: *(legt ihn auf den Boden in stabile Seitenlage)*
Frau Grimbach, bitte rufen Sie den Rettungsdienst 112.

Grimbach: Nein. Das ist doch absurd. Das ist ein Hundertjähriger, der nicht mehr leben will. Ich würde das nicht wollen, schon gar nicht mit so einer dunklen Vergangenheit.

Von Borst: Puls und Atmung sind gut.

Ruiz: Mit dem bisschen Blutverlust überlebt der das allemal und

	ohne Schaden, Blut sieht immer nach mehr aus, als es ist.
Grimbach:	Woher wollen Sie das wissen? Waren sie vorher Kriegsfotograf?
Ruiz:	Nee, aber vier Jahre lang Rettungssanitäter in Stuttgart. Glauben Sie mir. Ich habe genug gesehen … *(bleibt bei Otto und zählt immer wieder Puls und Atmung)*
Von Borst:	Dann mach ich halt den Notruf *(wählt 112 und Grimbach nimmt ihr das Handy ab)*
Grimbach:	Schon klar, Frau Borst. Sie wollen Ihren zahlungskräftigsten Patienten nicht verlieren und keinen Skandal in Ihrem Pflegeheim. Ha, und im Gemeinderat sprechen Sie immer von Humanität! Das ist doch lächerlich.
Von Borst:	Geben Sie mir mein Telefon zurück, sofort. Ich bin sehr wohl für humanes Sterben, aber ich bin auch gegen Nichtstun und unwürdig verbluten lassen. Nichtstun ist die Banalität des Bösen.
Grimbach:	*(hält Smartphone hinter dem Rücken)* Ach, kommen Sie mir jetzt

	nicht mit Hannah Arendt … wenn einer dem Eichmann gleichkommt, dann ist das hier unser liebenswerter Herr Herwig
Von Borst:	Ach ja? … und was hat er da vor- hin gemeint mit Ihrem Onkel, der damals Gauleiter gewesen ist? … und ihrem Vater, der Herrn Her- wig zu Spenden gezwungen hat?
Grimbach:	*(erbost)* … das ist infam und stimmt nicht … er hat halluzi- niert!
Von Borst:	*(versucht an sein Telefon zu gelan- gen)* Jetzt, geben Sie mir schon mein Telefon, sonst mache ich Ihre dunkle Vergangenheit publik!
Carmen:	*(kommt zurück mit Infusionsmate- rial)* … hier ist das Infusionsmaterial. Aber, Hubert, ich habe nachge- dacht, ich möchte mich Deinen Anweisungen nicht widersetzen, mein Gewissen sagt mir jedoch, das ist nicht richtig.
Grimbach:	Sehen Sie! Wenigstens eine hier kommt zur Vernunft!

Von Borst: Carmen, Du musst ja nichts tun,
               Herr Ruiz legt die Infusion, nicht
               wahr Herr Ruiz?
Ruiz: (*holt sich das Material*) Claro, ich
               lege den Zugang … Sie stecken
               die Infusion zusammen … dann
               können wir immer noch den Not-
               arzt rufen, falls überhaupt nötig
               (*gibt Von Borst das Infusionsbesteck*)
Carmen: Aber das ist nicht richtig. Herr
               Herwig hat doch so stark gelitten
               … das habe ich unterschätzt, da-
               bei ist es die Vergangenheit, die
               ihn quält, nicht seine Halbseiten-
               lähmung. Ich bin zwar immer für
               das Leben, aber wir sollten sein
               Leiden nicht verlängern.
Von Borst: Carmen, Du weisst doch: er war
               geistig noch voll da, hatte noch
               Freude an so Vielem, trotz Roll-
               stuhl … und keine unheilbare
               Krankheit.
Carmen: Hubert, Du hättest ihn vorhin er-
               leben sollen … der Tod ist eine
               Erlösung für ihn …
Von Borst: … das wäre Euthanasie …

Grimbach:	So ein Blödsinn! Unterlassene Hilfeleistung ist keine aktive Sterbehilfe, sondern höchstens passive. Das hat nichts mit Euthanasie zu tun.
Ruiz:	Das stimmt nicht! Nach § 13 StGB sind Sie alle Garanten für sein Leben. Die Residenz und durch die öffentliche Trägerschaft auch die Gemeinde sind vertraglich verpflichtet, in dieser Situation zu helfen … so, die Nadel sitzt, wo ist die Infusion?
Von Borst:	Ist parat, 500 ml NaCl 0.9% *(Borst und Ruiz verknüpfen Infusionsnadel und Infusion, Borst hält Infusion hoch und öffnet sie)*
Ruiz:	So, es läuft…
Von Borst:	Carmen, halt das mal. *(gibt ihr die Infusion zum Halten)* Und Sie, Frau Grimbach, geben mir jetzt sofort mein Handy zurück, oder es steht morgen im Alb-Kurier, nicht wahr Herr Ruiz?
Ruiz:	*(stottert verlegen)* … also ich ….
Grimbach:	*(hält Handy hinter den Rücken)*

Von Borst: Carmen, ruf jetzt den Rettungsdienst, sofort!

Grimbach: Nein, Frau Koch, SIE stoppen
jetzt die Infusion, und zwar sofort!

Carmen: Wenn Herr Herwig wegen der
Infusion wieder zu sich kommt,
dann gut, dann pflege ich ihn
gerne weiter, aber ins Krankhaus
wollte er unter keinen Umstän-
den mehr gehen, dort käme es
zwingend zur unnötigen Auswei-
tung medizinischer Massnahmen.

Grimbach: Jede Infusion ohne Einwilligung
ist eine Körperverletzung.

Von Borst: Ach was, Sie wollen doch nur
nicht, dass herauskommt, dass
Ihr Vater den Herrn Herwig zu
Spenden genötigt, ja eigentlich
erpresst hat. Musste er auch Ihrer
Partei Spenden überweisen?

Grimbach: Das ist lächerlich! Die Spenden
waren immer freiwillig! Von Er-
pressung kann keine Rede sein.
Das ist Verleumdung!

Grimbach: *(geht hin, reißt die Infusion mitsamt
Nadel wieder heraus und drückt sie*

	Carmen in die Hand)
	Das ist bereits zu viel, weg damit!
	(Carmen klebt ein Pflaster über die Wunde und versorgt Infusion)
Von Borst:	Sind Sie wahnsinnig?
	(Stille)
Otto:	*(fängt an zu stöhnen)* Ach, ach …
Carmen:	Scht! Er kommt zu sich! Helfen Sie mir!
	(Alle helfen ihm vom Boden in den Rollstuhl und starren gebannt auf Otto)
Otto:	Hören Sie auf zu streiten! Seien Sie nachsichtig und bleiben Sie aufrichtig!
	(alle schauen ihn andächtig an)
	Lassen Sie die Vergangenheit ruhen und lassen Sie mich jetzt einfach auch meine Ruhe finden und sterben! Dann bin ich Ihnen ewig dankbar.
	(Alle nicken und Otto stirbt)
Carmen:	*(lauscht, schaut ob er atmet und sucht Puls, schüttelt dann sehr langsam den Kopf)*
	Jetzt hat er endlich seine Ruhe.

ENDE

Quellennachweis:

1. «Gesetz zur Verhütung erbkranken Nachwuchses»
   vom 14. Juli 1933 (Reichsgesetzblatt I S. 529), in der
   Fassung vom 4. Feb. 1936 (Reichsgesetzbl. I S. 119)

2. «Gesetz zum Schutze der Erbgesundheit des deutschen Volkes» vom 18. Oktober 1935

3. Landgericht Freiburg - Vernehmung Dr. Ludwig
   Sprauer - Qu. 1-2; Landesarchiv Baden-Württemberg,
   Abt. Staatsarchiv Sigmaringen, Wü 29/3 T 1 Nr.
   1755a/01/01; Grafeneck-Prozess (Prozess gegen Dr.
   Otto Mauthe u.a. wegen Euthanasie); Strafakten;
   https://www.archivportal-d.de/i-
   tem/NAWM5ORM7O7VQNRHJNMJLNGQIPA7NXW
   A

4. Deportation und Tötung von Geisteskranken aus den
   badischen Anstalten der Inneren Mission Kork und
   Mosbach / Hermann Rückleben; Karlsruhe : Verl.
   Evang. Presseverband für Baden e.V, 1981; deutsch;
   104 S.; ISBN 3-87210-307-5; Reihe: Veröffentlichungen
   des Vereins für Kirchengeschichte in der Evangelischen Landeskirche in Baden / Verein für Kirchengeschichte in der Evangelischen Landeskirche in Baden;
   33; Permalink: https://rds-blb.ibs-
   bw.de/link?kid=010516352

5. Thierfelder, Jörg: «Adolf Meerwein (1898-1969): Diako-
   niepfarrer in schwerer Zeit»; 2015; Reihe: Lebensbilder
   aus der Evangelischen Kirche in Baden im 19. und 20.

Jahrhundert; Band 4: Erweckung - Innere Mission / Diakonie - Theologinnen; (2015), Seite 276-299; Permalink : https://rds-blb.ibs-bw.de/link?kid=1850682658

6. Thierfelder, Jörg: «Gustav Adolf Meerwein ; Leben und Werk»; Diakonie Kork (Hrsg.); Kork, 2006; 56 S.; Permalink : https://rds-blb.ibs-bw.de/link?kid=1322121583

7. Meerwein, Beate: «Der Bekenntnis-Pfarrer Adolf Meerwein im Dritten Reich; Ein Beitrag zum Thema Evangelische Kirche und Nationalsozialismus im Dritten Reich für den Religionsunterricht»; Wissenschaftliche Hausarbeit; PÄDAGOGISCHEN HOCHSCHULE HEIDELBERG; 1992